Josée Ouimet

L'Inconnu du monastère

Éditions de la Paix

Nous remercions
le Conseil des Arts du Canada de l'aide accordée
à notre programme de publication.

Nous reconnaissons l'aide financière
du gouvernement du Canada par l'entremise du
Programme d'aide au développement de l'industrie de
l'édition (PADIÉ) pour nos activités d'édition.

Josée Ouimet

L'Inconnu du monastère

Ados/Adultes, no 18

Éditions de la Paix
pour la beauté des mots et des différences

© **Éditions de la Paix**

Dépôt légal 3e trimestre 2001
Bibliothèque nationale du Québec
Bibliothèque nationale du Canada
Imprimé au Canada

Illustration Fil et Julie
Infographie Geneviève Bonneau
Révision Jacques Archambault

Éditions de la Paix
127, rue Lussier
Saint-Alphonse-de-Granby, QC J0E 2A0
Téléphone et télécopieur (450) 375-4765
Courriel **info@editpaix.qc.ca**
Site Web **http://www.editpaix.qc.ca**

Données de catalogage avant publication (Canada)

Ouimet, Josée, 1954

   L'inconnu du monastère
   (Ados/adultes ; 18)
   Comprend un index.
   ISBN 2-922565-42-4
PS8579.U444152 2001   C843'.54 C2001-941296-7
PS9579.U444152 2001
PQ3919.2.O94152 2001

Un ami, c'est quelqu'un qui sait tout de toi,
et qui t'aime quand même.

F. W. Hubbard

Philippe Arseneau Bussières

et

Julie Saint-Onge Drouin
deux illustrateurs qui se complètent.

Fil et Julie

Alors que l'un affine les traits de l'autre
qui accentue les couleurs de celui
qui remettait en question l'idée
qu'avait amené le concept du second,
celui-ci épure ou raffine les formes
afin de bien servir le public ciblé par ce
premier,
et de pair,
ils recomposent aux effluves d'un bon café
bien tassé...

site Internet
http://pages.infinit.net/filjulie

Chapitre premier

Rien ne va plus

— Ah ! non !...Tu n'es pas sérieuse ! s'exclame Fanny.

Dans sa main droite, le récepteur tremble un peu.

— Tu ne peux pas me faire ça ! continue-t-elle. Il ne me reste qu'aujourd'hui pour faire ces photos avant le concours, et il est déjà 10 h !

Fanny, malgré son obstination à convaincre son amie qu'elle ne peut la laisser tomber ainsi à la dernière minute, sait très bien que Joanie ne lui servira pas de modèle aujourd'hui.

— Mais qu'est-ce que je vais faire, moi ? dit-elle encore, les joues rouges de colère. Le concours est dans deux semaines, et je dois remettre l'appareil photo lundi matin sans faute !

Fanny inspire un bon coup et ferme les yeux. À l'autre bout du fil, les excuses de Joanie ne réussissent pas à la calmer.

— Ça va ! laisse-t-elle enfin tomber. Je vais essayer de trouver quelqu'un d'autre. Oui... Sûr, sûr... C'est ça ! Bonne journée chez ton oncle.

Résignée, elle raccroche, fait quelques pas et se laisse tomber dans un fauteuil.

Depuis qu'elle a commencé à fréquenter l'école secondaire, Fanny rêve de suivre le cours de photographie. Et après une année d'attente, elle a enfin atteint son but. Oh ! bien sûr, elle a hésité un petit moment quand elle a su qu'une bande de filles de 5e secondaire en faisait aussi partie. La bande de Marie-Joëlle Dessureault, celle-là même qui l'avait poussée au fond de sa case la toute première journée d'école.

— Pousse-toi ! lui avait ordonné Marie-Joëlle, lui assénant un violent coup de coude dans les côtes. Ici, ce sont les plus anciennes qui ont priorité.

— La Dessureault... murmure Fanny entre ses dents, elle ne me fait plus peur.

Le goût de faire de la photo et surtout de travailler dans la chambre noire est plus fort que toutes ses craintes.

— Tu as de bonnes aptitudes. Tu es assurément capable de suivre mon cours, lui avait affirmé Jacques, le professeur de photographie. Tu vois, pour réussir, ça prend deux choses : du travail et de l'imagination. Tu es très travailleuse, tous les enseignants le disent. Il ne te reste plus qu'à laisser aller ton imagination...

— De l'imagination... soupire Fanny, affalée dans le fauteuil, je ne sais vraiment pas où je vais la trouver aujourd'hui !

En poussant un ronronnement de plaisir, Zouzou, sa petite chatte, vient se frôler au mollet de la jeune fille.

— Pas ce matin, Zouzou, dit Fanny à la chatte qui la fixe maintenant de ses prunelles couleur safran. Je n'ai pas le temps.

Résolue à trouver une solution à son dilemme, Fanny se lève et se dirige vers sa chambre au bout d'un petit corridor peint de couleurs vives.

C'est aujourd'hui samedi et, comme tous les samedis, Fanny est seule à la maison. Sa mère, sa grand-mère et sa sœur Nathalie sont parties faire des courses. Son père, lui, est allé jouer au golf avec son ami Jean-Pierre.

Après avoir ramassé le sac à dos qui gît près de son lit, Fanny va vers la commode où est posé un appareil photo 35 mm qu'elle a emprunté à l'école. Elle s'en empare et, sans plus attendre, sort de la pièce où le store à moitié baissé devant la fenêtre ne laisse pénétrer qu'un mince filet de soleil.

La jeune fille marche d'un pas décidé. Dehors, le mois de mai éclate dans toute la splendeur d'une floraison hâtive. À côté du jardin, les deux pommiers croulent sous une multitude de fleurs blanches, tandis que les iris jaunes et mauves rivalisent de beauté avec le muguet et les lilas. Après un trop long hiver de neige et de froid, le printemps a enfin repris ses droits.

Fanny enfourche sa bicyclette appuyée contre la clôture et décolle en quatrième vitesse.

Chapitre 2

La rencontre surprise

Quinze minutes plus tard, la jeune fille pose le pied sur l'herbe tendre du bois des dominicains. Elle jette un regard circulaire sur le paysage.

Des centaines de pins centenaires dressent fièrement leur fût bien haut dans le ciel bleu pur, encadrant un monastère désaffecté. Les pierres jaunes du bâtiment éclatent dans la lumière du matin, tandis que la trentaine de fenêtres fixent la jeune intruse comme autant d'yeux surpris. Près d'elle, les branches des pommiers ploient sous le poids de milliers de fleurs roses et blanches. Au centre d'une clairière, bordée d'arbres sentinelles, luit un étang.

Fanny inspire profondément, calmant les palpitations désordonnées de son cœur. Une rougeur colore ses joues alors qu'une fine sueur colle à sa peau. Le parfum mêlé des lilas, des fleurs de pommiers ainsi que des pins tout près enfle ses narines. Elle ferme les yeux un instant, savourant ce moment de calme.

Un petit cri aigu suivi d'un bruit furtif lui fait rouvrir les yeux.

Juste devant elle, bien campé sur ses pattes arrière, un bébé écureuil fixe sur elle un regard curieux. Fanny sourit au petit animal dont le museau noir, levé bien haut, frémit d'une drôle de manière. Une idée lumineuse jaillit alors dans la tête de la jeune photographe.

— Tu vas remplacer Joanie... dit-elle à l'adresse du petit mammifère.

Avec mille précautions, sans quitter des yeux l'écureuil qui s'est remis sur ses quatre pattes, Fanny couche sa bicyclette sur l'herbe et dépose le sac à dos à ses pieds. Elle empoigne l'appareil qui pend à son côté gauche.

Elle a tout juste le temps de régler la mise au point quand la petite boule de poils gris s'enfuit vers une maisonnette de bois à moitié cachée derrière un bosquet de gené-vriers. Comme s'il y avait trouvé refuge, l'écureuil s'assoit sur le toit, fixant de son œil noir la jeune fille et le drôle d'appareil.

Craignant la disparition de la bête, Fanny avance à pas rapides vers la maisonnette. Puis elle s'immobilise à son tour, attendant le moment propice où elle fera travailler son imagination.

Elle connaît bien cet endroit. Quand elle était toute petite, avec ses parents et ses grands-parents, elle venait pique-niquer à l'ombre des grands pins, alors que le soleil de juillet dardait des rayons trop ardents sur la ville engourdie de chaleur. Elle se souvient aussi des trois cygnes majestueux qui glissaient sur l'étang et à qui elle lançait des morceaux de pain. Elle se rappelle surtout le cygne noir qui, un jour, s'était approché d'elle, l'œil mauvais, et avait poussé un cri rauque suivi d'un sifflement. Ce cri l'avait glacée jusqu'à la moelle et l'avait fait déguerpir à toute vitesse, apeurée et en larmes. Comme elle avait eu peur !

L'écureuil se tourne soudain sur le côté, faisant sortir Fanny de sa rêverie éveillée. Elle braque l'appareil en direction de la maisonnette qui n'abrite plus les magnifiques oiseaux depuis que les dominicains ont vendu leur domaine. Dans le viseur, Fanny cherche l'écureuil, mais ne le trouve plus.

— Oh, non ! s'exaspère-t-elle en gardant toujours le viseur collé à son œil.

Dans la lentille, elle balaie du regard les alentours de la maisonnette abandonnée et en bien piteux état. Les carreaux des deux fenêtres sont brisés. Les murs, autrefois peints en beige et rose, sont gris, sales et couverts de graffitis. Comme si elle était venue pour y mourir, une vieille cuisinière à gaz propane au métal blanchi par la corrosion, appuie sa carcasse chancelante contre le mur de droite.

Convaincue que l'animal s'est réfugié à l'intérieur, Fanny s'approche, l'œil toujours rivé au viseur. Son index droit demeure posé sur le déclencheur.

— À nous deux, petit malin... murmure-t-elle.

Sur le bouton, son doigt tremble un peu. Elle avance à pas feutrés quand soudain, une branche craque sous ses pieds.

Alerté, l'écureuil bondit hors du bâtiment aux fenêtres brisées.

Fanny appuie une première fois sur le déclencheur. À l'aide de son pouce, elle actionne le mécanisme pour faire avancer la pellicule et enfonce à nouveau le bouton sans hésiter. Le déclic de l'appareil résonne en écho dans le sous-bois endormi. Fanny pivote d'un quart de tour, suivant ainsi la petite bête qui s'immobilise quelques instants sur le tronc d'un grand pin. La photographe appuie sur le déclencheur une quatrième fois. Puis une cinquième...

Les gestes de Fanny sont mécaniques. Elle n'est pas certaine que tous les clichés seront bons.

Après l'émoi de ce jeu de cache-cache, Fanny abaisse l'appareil et regarde le bébé écureuil qui s'enfuit vers l'étang. Elle est contente. Grâce au petit animal, elle aura au moins la chance de participer à ce fameux concours.

— Je pourrais peut-être gagner au moins le prix du public ? se dit-elle.

Fanny inspire profondément et sourit. Puis elle ferme les yeux et offre son visage à la caresse d'une brise venue de nulle part. Elle se sent bien, car elle va enfin réaliser son rêve. Malgré le contretemps de ce matin, elle a réussi à se tirer d'affaires.

Mission accomplie ! s'encourage-t-elle.

Soudain, sortant de la maisonnette inhabitée, une ombre surgit et s'approche à pas de loup de Fanny qui étire son bras gauche vers l'arrière.

Sans crier gare, une poigne solide agrippe le poignet tendu.

— AAaaaah !... crie la jeune fille en pivotant si vite sur ses talons que l'agresseur perd pied et se retrouve à genoux sur le sol devant elle.

Porté par l'élan du bras de Fanny, l'appareil photo, poussé par l'élan du bras droit de Fanny, vole dans les airs et frappe l'inconnu au visage. Celui-ci, dans un cri de douleur, s'effondre aux pieds de la jeune fille.

— Ah ! crie encore Fanny en courant à toute jambes vers l'endroit où elle a laissé sa bicyclette.

Dans sa hâte, elle trébuche sur une racine camouflée et s'étale de tout son long au pied d'un arbre. Tremblante de peur, elle se relève en vitesse et ose regarder derrière elle.

Elle aperçoit alors, juste en face de la maisonnette, le corps immobile de son agresseur faisant une tache sombre sur le vert pâle de l'herbe.

Sans plus attendre, Fanny ramasse son sac à dos, repart en direction de sa bicyclette qu'elle enfourche aussitôt et quitte le bois des dominicains comme si le diable était à ses trousses.

Chapitre 3

Victime ou coupable ?

Pour la millième fois, Fanny jette un regard à sa montre-bracelet. Il est maintenant 11 h 25.

Elle fait les cent pas dans sa chambre au store baissé. La porte est verrouillée de l'intérieur.

Fanny a peur.

— Je l'ai peut-être tué ! se lamente-t-elle à voix basse.

Elle s'assoit sur le bord de son lit dont le sommier gémit et se prend la tête entre les mains. Son front est brûlant entre ses paumes moites, et un long frisson lui parcourt l'échine.

— Qu'est-ce qui va m'arriver ? murmure-t-elle dans le silence de sa chambre.

Elle ferme les yeux, mais la vision de cauchemar revient encore la hanter. Fanny revoit le corps étendu sur l'herbe. Immobile.

— Je ne l'ai pas fait exprès ! C'est l'élan qui a...

De grosses larmes se faufilent sous ses cils baissés et gonflent ses paupières closes.

— Et papa et maman qui ne sont pas là...

Fanny se sent seule. Seule et démunie. Comme elle aimerait pouvoir trouver une solution rapide à son tourment ! Mais il lui faut attendre.

Attendre...

— Comme si c'était facile d'attendre que le ciel me tombe sur la tête ! s'exclame-t-elle dans la pièce silencieuse.

Elle ouvre les yeux, expire longuement, essayant en vain de se libérer du malaise qui l'étouffe.

— Mais qui est donc cet inconnu ? Que me voulait-il ? Pourquoi ?...

Elle croise les mains sur sa poitrine où loge un malaise indéfinissable.

— Je ne l'ai pas fait exprès. Pas exprès ! tente-t-elle de se convaincre.

Dans son imagination fertile, plusieurs scénarios s'élaborent. Tous plus inquiétants les uns que les autres. Elle se voit victime d'un hasard malencontreux qui l'aura placée sur la route de quelque malfaiteur.

Mais, si je ne parle de cette aventure à personne, s'encourage-t-elle soudain, *on ne saura pas que c'est moi qui l'ai frappé.*

Ragaillardie, elle se lève et se dirige vers le téléphone.

— Je vais aller chez Élisabeth, dit-elle à voix haute en s'emparant du récepteur. Ça me changera les idées.

Fanny arrête soudain son geste, les doigts crispés sur le combiné. Une onde de chaleur la submerge et elle écarquille les yeux de stupeur, fixant son poignet gauche, où, depuis près d'une demi-année, elle porte un bracelet doré qui l'identifie comme diabétique.

Il n'y est plus.

— Oh, non !

La jeune fille repose le combiné.

— Mon bracelet !

Ce bracelet, elle l'a d'abord détesté à cause de tout ce qu'il représentait : la maladie, la dépendance aux médicaments, les injections et les tests sanguins quotidiens.

Au début, ça n'a pas été facile. Pas facile du tout ! Fanny s'est vite rendu compte qu'elle devait se discipliner, car son corps lui rappelait constamment son handicap. Et que dire de toutes les restrictions alimentaires qu'on lui a imposées !

— Plus de chocolat, de bonbons ou de gomme sucrée. Plus de sucre blanc, brun, roux. Plus de sirop d'érable ou de boissons gazeuses. Plus de neige blanche sur les petits fruits, avait plaisanté la diététicienne.

Pour le reste de sa vie, il lui fallait lire attentivement les étiquettes des produits afin de ne jamais laisser le sucre, son ennemi juré, lui jouer de vilains tours.

Finie la liberté !...

Fanny se rappelle surtout avoir eu peur. Peur de l'ennemi invisible qui habitait son corps et la rendait vulnérable. Peur des conséquences de ses écarts. Peur du coma qui l'avait presque terrassée. Peur de la mort possible...

Elle avait cru bon de ne pas le faire savoir à ses camarades d'école, car elle craignait d'être rejetée. Oh ! elle savait qu'elle n'était pas malade comme le lui avait affirmé le médecin, mais « différente ».

La différence !...

Aujourd'hui, le bracelet qui prouvait son statut et sur lequel étaient inscrits ses initiales et son numéro de téléphone reposait peut-être à côté d'un cadavre.

— Je dois absolument récupérer mon bracelet ! Je n'ai pas le choix !

C'est à contrecœur que Fanny enfourche pour la troisième fois sa bicyclette.

— Plus le choix !

C'est en quatrième vitesse que Fanny reprend la route vers le bois des dominicains.

Chapitre 4

L'ennemi

Fanny avance lentement. Prisonnier entre ses mains moites et crispées, un batte de baseball se dresse bien droit au-dessus de sa tête en feu.

— Je suis folle de revenir ici... murmure-t-elle entre ses dents serrées.

Fanny sait pourtant qu'elle ne peut faire autrement, sinon jamais plus elle ne pourra vivre tranquille en cachant un aussi terrible secret.

Comment se regarder dans le miroir en faisant bêtement semblant que rien ne s'est passé ? Qu'elle n'a pas frappé ? Qu'elle n'a pas peur que ce bracelet devienne une pièce à conviction dans un procès où on la jugerait coupable d'un geste involontaire ?

La jeune fille emprunte avec crainte l'allée asphaltée qui conduit au monastère.

Elle préfère demeurer loin de la clairière et de l'étang, mais surtout loin du couvert des arbres où une obscurité malsaine s'amuse à créer un jeu d'ombres qui l'effraie au plus haut point.

Le cri strident d'un geai la fige sur place alors que, non loin d'elle, une branche craque.

Fanny se retourne vivement et, dans un geste bien légitime, fait tournoyer l'arme improvisée. Le batte de baseball ne rencontre cependant que le vide.

Le geai bleu lance à nouveau son cri qui, cette fois, se répercute en écho avant de se perdre dans le secret des ramures.

Reprenant courage, Fanny remet le batte entre ses mains moites, et malgré la peur qui lui tord le ventre, avance toujours. Tous ses sens sont aux aguets. Ses yeux fouillent le moindre talus, le moindre arbuste. Ses oreilles enregistrent le moindre bruissement. Ses narines palpitent aux moindres effluves.

Un bruit lui fait relever la tête. Dans le feuillage qui forme un dôme au-dessus de sa tête, Fanny craint d'apercevoir sa victime.

— Ouf !... Personne.

Rassurée, elle baisse la tête et avance encore, fronçant les sourcils, fermant les yeux à demi, cherchant son bracelet dans l'herbe haute.

Sa marche lente l'amène tout près de l'endroit où l'agresseur s'est étalé de tout son long après le coup mortel qu'elle lui a assené.

Fanny s'y arrête. Elle se hisse sur la pointe des pieds, étire le cou afin de mieux scruter les alentours.

— Oh !...

Plus de corps étendu ! Rien ! N'eût été l'herbe demeurée couchée devant la maisonnette, Fanny aurait pu croire que cette mauvaise aventure n'était que le fruit de son imagination.

— Ça, alors !

Convaincue que l'agresseur a quitté les lieux, Fanny, rassurée, se presse vers la maisonnette.

— Mon bracelet doit être par là... s'encourage-t-elle.

Elle abaisse les bras sans toutefois desserrer sa prise sur le bois dur du batte.

Une brise légère fait soudain valser les feuilles d'un cormier.

Fanny stoppe net. Elle a entendu un bruit. Serait-ce un gémissement discret ou le vent qui lui joue un vilain tour ? Nerveuse, la jeune fille tourne la tête vers la maisonnette, craignant cette fois-ci de voir apparaître l'agresseur dans l'embrasure de la porte. Mais celle-ci demeure béante et vide.

— Je dois partir d'ici au plus vite, sinon je vais voir des mirages !

La jeune fille fouille l'herbe qui demeure obstinément couchée, emprisonnant le bracelet tant recherché. Les larmes au bord des yeux, elle se penche à demi, espérant un miroitement du métal doré.

— Il devrait être ici ! Il DOIT être ici !

Le batte de baseball pèse soudain bien lourd au bout de ses bras tendus. En soupirant, Fanny se redresse et remue l'herbe du bout de ses pieds.

Soudain, venue du plus profond de son être, une onde malsaine la parcourt tout entière. Ses mains se mettent à trembler alors qu'une faiblesse l'envahit. Fanny ferme les yeux et inspire profondément. Son cœur bat très vite dans sa poitrine et ses jambes, malgré sa ferme volonté de ne pas bouger, flageolent. Son corps tout entier frissonne malgré la chaleur. Sa bouche est sèche et sa langue semble avoir doublé de volume. Devant ses yeux, des milliers de petits points noirs dansent une sarabande endiablée. Puis, comme si un vent torride balayait d'un seul coup la fraîcheur du sous-bois, une vague de chaleur la submerge une seconde fois.

Fanny tente alors de chasser l'angoisse qui éveille en elle la présence certaine d'un ennemi encore plus dangereux que l'agresseur qui se terre peut-être quelque part. Un ennemi qu'elle sait reconnaître entre tous. Celui-là même qui, le premier jour où il lui a rendu visite, a totalement changé sa vie, a détruit ses rêves et ses chances de vivre comme tous les autres enfants.

Ce matin encore, cet ennemi veut la terrasser.

Fanny ouvre les yeux et abaisse l'arme improvisée dont l'extrémité arrondie vient se caler dans l'herbe tendre. La jeune fille plonge sa main au fond de la poche de son jeans et en retire un bonbon de couleur verte. Ses doigts tremblent en retirant la cellophane qui l'enveloppe.

— Je dois rentrer chez moi, murmure-t-elle en déposant le petit carré de sucre caramélisé sur sa langue.

Après quelques instants, l'angoisse qui l'étouffait se dissipe peu à peu alors que les petits points noirs valsent plus lentement devant ses yeux. Fanny sait que, dans une dizaine de minutes, ils auront disparu tout à fait et que la fatigue qui la terrasse disparaîtra comme elle est venue.

La jeune fille pousse un profond soupir de soulagement. Encore une fois, elle a su contrôler une crise d'hypoglycémie.

Bien décidée à quitter ce lieu, Fanny jette un dernier regard sur l'herbe à ses pieds.

— Advienne que pourra ! soupire-t-elle, déçue.

— C'est ça que tu cherches ? demande soudain une voix derrière elle.

— Aaaaaah !... s'écrie la jeune fille, qui, prise de panique, se retourne d'emblée et brandit le batte de baseball.

— NON ! NON ! NE FRAPPE PAS ! ! !

Fanny s'arrête, interdite.

Elle aperçoit alors un garçon d'environ treize ans. Sa main gauche cache une partie de son visage tandis qu'au bout de sa main droite, tendue vers elle, brille le bracelet doré.

— MON BRACELET ! s'exclame-t-elle.

— Chuuut ! fait le garçon en roulant des yeux ronds.

— JE VEUX QUE TU ME RENDES MON BRACELET ! crie-t-elle, exaspérée.

— ...

Le temps d'un souffle, le silence reprend son cours entre les deux jeunes gens qui se toisent d'un œil mauvais.

— Lance-le-moi ! s'écrie-t-elle de nouveau.

— Je t'ai dit de ne pas crier ! chuchote encore l'inconnu en jetant un regard inquiet sur les alentours.

Fanny profite de ce moment pour le détailler un peu.

Il est un peu plus grand qu'elle. Il porte un large pantalon de couleur kaki et un *T-shirt* marron sur lequel, éclatant en couleurs criardes, la face grimaçante d'un chanteur *rock*. Ses cheveux coupés courts sont d'un blond si pâle qu'ils semblent diaphanes sous les rayons du soleil.

— Oh ! s'exclame Fanny en découvrant une large plaque de sang noirci sur la tempe gauche de son vis-à-vis.

— Ouais !... On peut dire que tu ne m'as pas manqué.

— Je ne l'ai pas fait exprès.

Le garçon lorgne vers le batte toujours levé au-dessus de la tête de Fanny :

— Il ne faut pas avoir peur de moi, dit-il en pointant l'arme du menton. Je ne te veux pas de mal.

Non sans hésitation, Fanny abaisse à demi les bras.

— J'aime mieux le tenir ainsi. On ne sait jamais.

— Comme tu veux.

Le garçon fait quelques pas en direction du monastère sans porter plus d'attention à Fanny qui le regarde s'éloigner.

— Hé ! mon bracelet !

— Je le garde, répond l'inconnu. Disons que c'est pour me dédommager de la blessure que tu m'as faite. Mademoiselle F. P. !

— ...

— À propos, ne dis à personne que tu m'as vu ici. Sinon, je raconterai que tu m'as frappé sauvagement avec ton appareil photo.

Sans plus un mot, le garçon disparaît dans un sentier, laissant Fanny muette d'indignation.

Chapitre 5

Ne jamais oublier

Il est 16 h 45. Depuis son retour à la maison, Fanny tourne en rond comme un lion en cage.

— Comment peut-il se permettre pareil chantage ! fulmine-t-elle de rage impuissante.

Dépitée, elle se dirige vers sa chambre, ferme la porte, marche vers la fenêtre et en relève le store avant de se laisser tomber sur le lit.

— Au moins, je ne l'ai pas tué ! murmure-t-elle en tournant la tête vers la fenêtre.

Fanny fixe le ciel qui s'est couvert de nuages gris.

La jeune fille pousse un profond soupir, croise les bras derrière sa nuque, lève un genou et ferme les yeux. Comme elle aimerait pouvoir tout oublier !

La sonnerie du téléphone fait soudain bondir Fanny hors de son lit.

— Allô ?

— ...

— Allô ?

— Bonjour, mademoiselle F. P.

Fanny n'en croit pas ses oreilles. Cette voix ravive des souvenirs proches qu'elle essaie en vain de chasser de sa mémoire.

— Je sais que c'est toi. Réponds.

— ...

— Bon, je n'ai pas toute la journée, s'impatiente la voix du garçon qu'elle reconnaîtrait entre mille. J'ai besoin que tu viennes au bois des pins.

— Mais tu es malade ! ne peut s'empêcher de s'écrier Fanny, hors d'elle-même.

— À ta place, continue l'inconnu, je ne ferais pas la *finaude* ! Viens me rejoindre au même endroit que ce matin. Dans vingt minutes. Et apporte de la nourriture.

— De la nourriture ! Mais pourquoi faire ?

— Disons que c'est pour faire un pique-nique, ironise la voix dont les intonations tantôt graves et tantôt aiguës trahissent l'âge du garçon. Je veux que tu viennes seule et...

— Ne compte surtout pas sur moi ! crie Fanny avant de raccrocher d'un geste rageur.

La main toujours sur le récepteur, la jeune fille, interdite, fixe l'appareil d'un air ahuri.

— Non mais, vraiment ! clame-t-elle en levant soudain les bras au ciel. Un pique-nique ! Pour qui se prend-il, celui-là ? Pour le roi Dagobert ?

Elle tourne les talons et se dirige vers la salle de bains quand la sonnerie résonne à nouveau. En deux enjambées, Fanny est devant l'appareil et s'empare du récepteur.

— Là, ça suffit !

— Pas si fort ! Je ne suis pas sourde ! s'exclame sa sœur à l'autre bout du fil.

— C'est toi, Nathalie ?

— Quelque chose ne va pas ? interroge cette dernière, visiblement inquiète.

— Non, non... Juste un petit farceur qui n'arrête pas de téléphoner.

Fanny n'a pas envie de lui raconter sa mésaventure. Pas au téléphone. Ce serait trop long et compliqué.

— Est-ce que mon copain Martin a téléphoné ?

— Non.

— S'il téléphone, peux-tu lui faire le message que je ne serai pas à la maison avant 19 h. Maman n'a pas trouvé le veston qu'elle cherchait et grand-mère lui a suggéré de se rendre à un magasin où elle pourrait sûrement faire une bonne affaire. Mais, c'est en dehors de la ville. À vingt minutes environ.

— Ah, bon...

— Maman fait dire de ne pas nous attendre pour souper. Ah oui ! Papa est allé aider son ami René à déménager un piano. Il devrait être à la maison vers 19 h lui aussi.

— Je vais donc souper toute seule.

— Tu peux nous attendre, si tu veux. On achètera une pizza en revenant et...

— Tu sais très bien que je dois manger à heure fixe.

— C'est vrai... j'avais oublié.

— Merci pour les messages, réplique Fanny sur un ton sec.

— À ce soir, alors, dit Nathalie, penaude.

— À ce soir, répète Fanny avant de raccrocher.

Découragée, la jeune fille jette un coup d'œil par la fenêtre du salon. Le crépuscule zèbre le ciel de rose, de mauve et d'orangé.

Fanny se dirige d'un pas traînant vers la salle de bains. Elle se sent vidée. Elle sait très bien que la fatigue qui la terrasse en ce moment n'est pas le fruit de nuits passées à se retourner dans son lit en essayant de trouver le sommeil.

D'un geste machinal, elle ouvre un tiroir de la coiffeuse et en sort un petit sac de vinyle noir. Elle saisit un disque de plastique blanc dont elle se sert trois fois par jour pour faire son test sanguin. D'un petit sachet de cellophane, elle déchire machinalement le papier qui garde, exempt de toute contamination, l'aiguille minuscule avec laquelle elle se pique immédiatement le majeur droit. Sur la peau pâle, une perle de sang jaillit. Fanny la dépose dans l'orifice situé au centre du disque blanc.

Pendant que le glucomètre fait son travail, Fanny quitte la salle de bains et pénètre dans la cuisine. Sur la tablette centrale du réfrigérateur, elle s'empare d'une petite boîte de carton blanc rayée de rouge. Elle l'ouvre et, tenant la porte du réfrigérateur entrouverte à l'aide de son pied, elle en retire une fiole de verre. Puis elle referme la boîte et la remet à sa place.

La sonnerie à peine perceptible du gluco-mètre ramène Fanny vers la salle de bains afin d'y vérifier le taux de glucose contenu dans son sang.

— Juste 2,3... soupire-t-elle. Il est grand temps que je mange.

D'un geste mille fois répété, elle donne des chiquenaudes sur la fiole de verre, faisant ainsi se mélanger le liquide empri-sonné. Elle retire de son emballage la se-ringue stérilisée.

Tournant la fiole à l'envers, elle y pique la seringue afin de la remplir d'insuline.

— Encore une fois ! dit-elle en faisant jaillir le liquide avant d'enfoncer le bout de la seringue dans la peau de son bras gauche.

L'opération ne prend pas plus de trente secondes. Relevant la tête, son regard s'accroche à l'image que lui renvoie le mi-roir.

Deux prunelles d'un brun profond la fixent intensément. De légers cernes mau-ves dessinent une ombre sous ses yeux tandis qu'une rougeur colore le haut de ses pommettes.

Rien de comparable avec sa triste mine, l'année précédente, quand elle était entrée à l'hôpital de toute urgence, à la limite de l'état comateux, croyant qu'un cancer avait fait de sa jeunesse une proie facile.

Fanny détache son regard de son reflet et pousse un soupir de lassitude. Bien qu'elle ait accepté sa maladie, Fanny sait que pour elle, dorénavant, l'injection d'insuline est vitale. Même s'il lui arrive de vouloir tout balancer. De détester la simple vue d'une aiguille. De ne plus avoir de sensibilité au bout de son doigt. D'avoir des plaies aux pieds... La dure réalité, c'est qu'elle ne sera jamais libre comme les autres jeunes gens de son âge.

La liberté...

Ne jamais oublier ! C'est une question de discipline, lui ont répété les médecins.

La sonnerie du téléphone la sort de sa torpeur et la ramène en courant dans le salon.

— Allô ?

— Mademoiselle F. P. ?

Le sang de Fanny ne fait qu'un tour.

— J'ai oublié de te dire que si tu ne viens pas pique-niquer avec moi, j'appelle la police et je lui raconte que tu as voulu me tuer.

Le déclic, suivi du son nasillard de la ligne téléphonique, laisse Fanny complètement stupéfaite et désemparée.

Chapitre 6

Le refuge

Un sac de plastique rempli de victuailles pendant à sa main droite, Fanny marche d'un pas pressé vers la maison des cygnes.

À quelques centimètres du bâtiment, elle stoppe. La maisonnette semble déserte.

— Est-ce que tu es là ? appelle-t-elle.

Un léger craquement la fait se retourner. Personne. Fanny tend l'oreille, prête à fuir. Seuls les battements de son cœur qui résonnent dans sa tête semblent trouer le silence des lieux.

Fanny n'aime pas ce silence. Il lui donne la chair de poule et se joue de son angoisse. Du bout de la langue, Fanny humecte ses lèvres sèches et jette un regard circulaire sur les pins qui forment une barricade sombre derrière le monastère désert.

Elle se sent épiée. Traquée même...

La jeune fille lève les yeux vers un morceau de firmament qui se découpe entre les bras étendus des grands pins. Le ciel s'assombrit peu à peu. Fanny regarde sa montre-bracelet, il est 18 h 15. Elle reporte son attention sur les sous-bois avoisinants.

— Il est sûrement parti chez lui, murmure-t-elle, soulagée.

Curieuse, Fanny marche vers la maisonnette dont la porte est restée entrouverte. Du bout du pied, elle pousse la cloison de bois. Dans un fracas épouvantable, la porte sort de ses gonds rouillés et s'écrase sur les dalles de pierres grises.

— Oh !

D'un seul coup, Fanny découvre un bien misérable abri.

Formant une paillasse difforme et sale, des sacs de plastique vert, de vieilles couvertures ainsi qu'un sac de couchage de couleur incertaine sont empilés les uns sur les autres. À la droite de ce lit improvisé, un tas de boîtes de conserve vides côtoient des sacs de croustilles et des bouteilles de boissons gazeuses vides elles aussi. À gauche, à l'intérieur d'un cercle formé par de gros cailloux noircis, l'emplacement d'un brasero.

— Ça alors... dit-elle dans un souffle.

La jeune fille s'apprête à fouiller davantage l'endroit quand une voix, sortant d'un bosquet d'aubépine tout près, arrête son élan.

— Tu es donc venue, mademoiselle F. P. !

À peine Fanny a-t-elle le temps de retraiter vers la sortie que l'inconnu est à ses côtés. D'un geste vif, il s'empare des provisions.

— Tu es moins peureuse que je ne le croyais, dit encore le garçon en déplaçant la porte tombée et en se laissant choir sur la paillasse.

Il fixe longuement la jeune fille qui n'a pas bougé.

— Non, dit-il après quelques secondes d'examen, tu n'es pas peureuse.

— Revenir ici porter de la nourriture à un inconnu qui menace de me dénoncer à la police pour un simple accident, ça prend plutôt du courage, je pense, rétorque Fanny. Et d'ailleurs, je me demande encore pourquoi j'ai été assez sotte pour revenir.

Fanny se tait et interroge à son tour les prunelles gris acier de ce garçon qui semble chercher, dans la profondeur de son regard, une réponse franche à la question qui lui brûle les lèvres.

— Alors... demande-t-il d'une voix grave, pourquoi donc es-tu revenue ?

Chapitre 7

Le serment

Le soleil a complètement disparu derrière le bois des dominicains sans que Fanny se soit hâtée de quitter l'abri du jeune inconnu.

— F. c'est pourquoi ? interroge le garçon avant d'avaler une bonne rasade de boisson gazeuse.

— Fanny, répond la jeune fille en grignotant un morceau de croustille de maïs.

— Et le P. ?

— Ça, je ne te le dis pas ! Juste Fanny, ça ira. Et toi ?

— Quoi, moi ?

— Comment t'appelles-tu ?

Visiblement embarrassé, l'adolescent se racle la gorge et lance la bouteille vide sur le tas d'ordures.

— Sébastien M., laisse-t-il enfin tomber.

— Sébastien M., répète Fanny. C'est tout ?

Le garçon fixe le bout de ses chaussures de course maculées de terre et ne répond pas.

— Tu viens souvent ici ? questionne encore Fanny.

— Oui...

— Est-ce que c'est toi qui as fait tous ces déchets et...

— Écoute, coupe Sébastien, si tu veux tout savoir, je...

Il hésite. Ses lèvres tremblent un peu comme s'il avait envie de pleurer. Il baisse la tête et croise les mains sur sa poitrine, visiblement troublé.

— Je me suis enfui de chez moi... avoue-t-il enfin.

Fanny n'en croit pas ses oreilles. Comment peut-on être à ce point malheureux chez soi pour venir se réfugier dans un endroit aussi insalubre ? Ayant toujours vécu en harmonie avec les siens, elle a de la difficulté à s'imaginer que quelqu'un de son âge puisse vouloir tout lâcher ainsi.

— Mais, pourquoi ? Tu n'es pas bien chez toi ? Est-ce que par hasard tu...

— Tu ne comprendrais pas ! coupe-t-il sur un ton dur. Personne ne peut comprendre !

Sans plus un mot, Sébastien, un sanglot dans la gorge, se lève et sort de l'abri en courant, laissant Fanny interdite.

Dehors, la nuit fait lentement reculer le jour. Tout le long du chemin qui mène à l'entrée du monastère, les réverbères jettent une lumière blanche sur la surface de l'étang endormi. Les bruits de la nuit ont remplacé ceux du jour : croassement rauque des grenouilles et des crapauds, grésillement des grillons.

Fanny se lève et s'approche de l'ouverture. Elle aperçoit, debout en face de l'étang, la silhouette de Sébastien se profilant à contre-jour.

La jeune fille pousse un profond soupir, puis quitte la maisonnette. Elle serre bien fort la courroie de son sac à dos entre ses doigts glacés.

Se retournant, Sébastien l'interpelle :

— Tu pars ?

— Oui, dit-elle sans s'approcher de lui.

— Jure-moi que tu ne révéleras pas mon secret.

Mal à l'aise, Fanny ne sait que répondre.

Comment garder un tel secret ? Comment ne pas plutôt vouloir tout dire à ses parents qui pourraient assurément aider Sébastien à sortir d'une situation visiblement difficile ? Pourquoi ne pas vouloir demander de l'aide ? Pourquoi s'entêter à vouloir tout faire tout seul ?

— Mes parents pourraient t'aider à trouver une solution et...

— Jure-le, coupe-t-il, en s'approchant rapidement d'elle.

Fanny recule de quelques pas.

— Je veux juste t'aider ! réplique-t-elle.

— Si tu veux vraiment m'aider, tu dois faire ce que je te dis. De toute façon, ce n'est plus qu'une question de jours.

— Si tu le dis...

Fanny fait volte-face et marche en direction de sa bicyclette quand Sébastien l'interpelle à nouveau :

— Jure-le !

Fanny se retourne à demi avant d'enfourcher sa bicyclette :

— Je te le jure !

Ce serment semblait attendu comme on espère voir un peu de lumière au bout d'un tunnel trop long. Sébastien sourit.

— Je te fais confiance, mademoiselle Fanny P. !

Ce disant, il s'approche d'elle et lui remet son bracelet.

— Tu oubliais ceci...

— Merci, dit Fanny.

— Merci pour le pique-nique, réplique Sébastien.

Une onde mystérieuse enveloppe alors les deux adolescents, faisant s'arrêter le temps, harmonisant dans la nuit le chant des crapauds et le cri des grillons.

La lueur des phares d'une voiture empruntant l'allée centrale les surprend.

— Oh, non ! s'exclame Sébastien.

Sans un au revoir, il quitte les abords de l'étang et s'enfuit à toutes jambes vers le bois des pins où il disparaît, happé par l'obscurité. De son côté, sur sa bicyclette, Fanny quitte la clairière. À son tour, la voiture rebrousse chemin, laissant le bois retourner au silence de la nuit.

Chapitre 8

Mensonge

— Tu ne veux donc pas venir avec nous chez oncle Lucien et tante Jeanne ? interroge Louise, la mère de Fanny.

Elle approche une tasse de café fumant de ses lèvres entrouvertes.

— Je dois terminer la séance de photos, répond Fanny qui verse du lait sur ses céréales de blé entier.

— Comme tu voudras, accepte sa mère en déposant la tasse sur le comptoir avant de continuer à rincer la vaisselle.

Fanny baisse les yeux et mange ses céréales sans ajouter un mot. Elle a honte. Elle qui s'est toujours fait un point d'honneur de dire la vérité, quoi qu'il en coûte, ce matin, ment ouvertement.

Je n'ai pas le choix, songe-t-elle pour se disculper.

Elle ne peut trahir le secret de Sébastien. Pas plus qu'elle ne peut résister au besoin de le revoir. Ce besoin plus fort que la vérité à taire. Que la confiance à garder. Que la peur ou même la honte...

— Je croyais que tu avais terminé ? interroge alors Nathalie qui étend du beurre d'arachide sur une tranche de pain grillé.

— Heu... à vrai dire... pas tout à fait.

Fanny sait qu'elle doit mettre un terme à cet interrogatoire qui l'entraîne sur un terrain glissant. D'autant qu'elle se sait piètre menteuse. Ça se voit tout de suite au rose qui colore ses joues, à ses lèvres pincées, à son regard fuyant.

— Ça en prend du temps ! s'exclame Nathalie en mordant dans le pain grillé.

— Ou... oui ! Heu... enfin... plus de temps que je ne le pensais.

— Je crois que la météo annonce des averses dispersées en fin d'après-midi, lance son père en abaissant le journal qu'il tenait levé devant ses yeux. Peut-être même un orage.

— Ah, oui ? répond Louise d'un ton machinal.

Fanny sent des gouttes de sueur glisser dans son cou. Elle jette un coup d'œil par la fenêtre, espérant de tout cœur que les météorologues se trompent.

La jeune fille baisse la tête en proie au doute et à un très fort sentiment de culpabilité. Elle n'a jamais encore volontairement évité de parler de ses problèmes à ses parents. Pourtant, elle les sait de bon conseil. Et surtout, depuis qu'elle souffre de diabète, elle se sait davantage entourée d'attentions et d'affection profonde.

Comme elle aimerait s'ouvrir et tout divulguer ! Ce serait tellement plus facile !

Je n'ai menti qu'à moitié, se dit-elle pour s'encourager. *Je peux encore prendre des photos pour le concours.*

Ragaillardie à cette pensée, Fanny se lève et va déposer son bol vide sur le comptoir.

— As-tu fait ton injection ce matin ? s'inquiète sa mère en venant s'asseoir à la place laissée vacante par le départ de Fanny.

— Maman... penses-tu vraiment que je peux oublier ça ?

— Excuse-moi, lui répond sa mère, penaude. Je ne suis qu'une vilaine mère-poule, je m'inquiète toujours pour rien. Vous me le répétez assez souvent, ta sœur et toi.

— Ce n'est pas grave, réplique Fanny en se dirigeant vers la porte de la maison. On t'aime comme ça.

Dans le petit vestibule, sa main attrape le sac à dos qu'elle a pris soin de remplir de victuailles.

— Quand pensez-vous revenir de chez l'oncle Lucien ? demande-t-elle en se retournant vers le trio assis autour de la table.

— Ça va être difficile pour toi de faire de bonnes photos, la nargue soudain Nathalie.

— Qu'est-ce que tu veux dire ?

— Sans appareil...

— Où ai-je donc la tête ? soupire Fanny en se précipitant vers sa chambre.

Elle revient aussitôt en brandissant l'appareil au bout de son bras.

— Merci, dit-elle à Nathalie qui lui jette un regard soupçonneux.

Sans plus attendre, Fanny quitte la demeure familiale le feu aux joues et le cœur battant la chamade. Dans le ciel de ce treizième jour de mai, le soleil joue à cache-cache avec des nuages gris et blancs, faisant danser des ombres sur le paysage.

Fanny presse le pas vers la remise où est garée sa bicyclette. Elle secoue la lourde chevelure brune qui forme une cape soyeuse sur ses épaules. La sueur plaque de fines mèches de cheveux sur son front. Le temps est chaud et humide. Il y a de l'orage dans l'air. Levant la tête, Fanny aperçoit de gros nimbo-stratus dans le ciel.

Je dois me dépêcher ! se dit-elle en empoignant le guidon de sa bicyclette.

Au loin, le grondement sourd du tonnerre accompagne la jeune fille qui quitte la cour de gravier de la maison paternelle.

Chapitre 9

L'aveu

À peine quinze minutes se sont écoulées quand Fanny appuie son vélo contre le mur couvert de graffitis de la maison des cygnes.

— Sébastien ?

Elle fait quelques pas vers la porte de la maisonnette qui baigne dans le silence.

— Sébastien, tu es là ?

Elle passe la tête dans l'embrasure sans pour autant s'aventurer au delà du seuil. L'abri est désert. Fanny jette un regard sur les objets hétéroclites qui s'entassent dans la cabane. Elle note le désordre des couvertures qui n'a pas changé depuis la veille et comprend trop bien que le jeune fugueur n'a pas passé la nuit ici.

Près de l'entrée, sur une pile de revues, Fanny aperçoit un petit carnet recouvert d'un carton noir. Au centre, le logo d'une marque de planche à roulettes fait une tache claire sur le carton sombre. La jeune fille s'empare du calepin qu'elle ouvre aussitôt.

C'est un carnet d'adresses. Les pages du début ont été arrachées et plusieurs noms et numéros de téléphone ont été rayés d'un trait d'encre noire. Fanny tourne les pages en vitesse et arrête son geste à la lettre P. Sur la fine ligne bleutée où sont inscrites ses initiales s'alignent les chiffres de son numéro de téléphone.

D'un mouvement brusque, Fanny arrache la feuille qui se déchire dans un bruit sec. Prenant conscience de son geste, la jeune fille fixe un long moment le bout de papier froissé qu'elle tient entre ses doigts crispés.

Pourquoi cette peur soudaine ? Elle sait pourtant qu'elle n'a rien à craindre de ce garçon. Qu'elle est peut-être la seule personne sur qui il peut compter. Qu'elle se doit de lui donner la chance de communiquer ave elle. N'importe quand...

Comme s'il se fût agi d'un trésor précieux, Fanny lisse doucement la feuille avant de la replacer entre les pages du calepin qu'elle referme aussitôt. Elle le replace ensuite où elle l'a trouvé et pivote sur ses talons pour quitter la maisonnette.

Dehors, elle scrute attentivement le monastère. Rien n'y bouge. Comme si le temps, ici, s'était brusquement arrêté. La toiture de cuivre, avec son dépôt verdâtre, couvre le long bâtiment de pierres orangées. On y voit une dizaine de lucarnes aux carreaux irisés et cerclés de cuivre. Fanny ose un regard vers la barrière des grands pins qui montent la garde derrière. Portée par un pressentiment, elle quitte la maison des cygnes et court vers le jardin à l'arrière du monastère.

Ses pas résonnent sur l'allée asphaltée. Au passage, ses yeux scrutent les fenêtres du premier étage, espérant y apercevoir le visage connu.

Rien...

Sur son épaule, l'appareil photo pèse lourd. Sans arrêter sa course, Fanny glisse la courroie autour de son cou.

— Il y a quelque chose de pas normal, ici, murmure-t-elle pour elle-même... de pas normal du tout !

Des images s'impriment alors dans sa tête en feu ; vives et malignes comme autant de minuscules faces de gnomes grimaçants qui se joueraient de ses craintes.

Elle voit Sébastien, couché sur le sol recouvert de fines aiguilles de pins, le visage ensanglanté, le regard terne et vide.

— Il faut que je le trouve !

Un sentiment plus fort que la peur, plus fort que l'angoisse ou même la lâcheté la force à aller plus loin, à s'enfoncer au creux du sous-bois mystérieux.

Une main sur son appareil photo, Fanny cherche l'indice qui lui fera atteindre son but.

Sur sa droite, un rayon de soleil perçant momentanément les nuages, éclaire une souche, faisant éclater le vert tendre du lichen qui la recouvre. Au centre se dresse un pin miniature. Sans attendre, Fanny braque le viseur sur l'endroit magique qui semble tout droit sorti d'un conte de fées.

— Au moins, ça me fera une photo de plus.

Elle appuie sur le déclencheur et, stupéfaite, garde l'appareil collé sur son visage.

À quelques centimètres de la souche, éclatant sur le vert des thuyas groupés en bosquet, une chevelure blonde.

— Il est là... murmure Fanny, contente.

Éblouie par cette luminosité, Fanny appuie sur le déclencheur. Le déclic se répercute en écho dans le bois silencieux, faisant se redresser Sébastien .

Fanny en profite alors pour prendre une nouvelle photo du garçon.

— Hé ! crie Sébastien en sortant de sa cachette comme si une mouche l'avait piqué. ARRÊTE ÇA TOUT DE SUITE !

Apeurée par le regard qu'il pose sur elle, Fanny retraite en courant.

Elle n'a pas franchi un mètre qu'elle trébuche sur une racine qui, tel un malin serpent, s'étire sur la surface inégale du sol.

La jeune fille s'étale de tout son long en laissant échapper un cri de douleur.

Sébastien est aussitôt sur elle.

— DONNE-MOI CET APPAREIL ! hurle-t-il la bouche collée contre l'oreille de la jeune fille.

Avec l'énergie du désespoir, Fanny cache ce dernier sous sa poitrine.

Bien décidée à ne pas laisser ce garçon ruiner ses chances de participer au concours, elle se débat, mais Sébastien est plus fort qu'elle.

Le poids de son adversaire la cloue littéralement au sol.

— Je t'ai dit de me donner cet appareil photo, ou bien !...

— Ou bien quoi ? hurle Fanny en se retournant d'un coup sec et en plantant un regard d'animal sauvage dans les prunelles claires. Tu vas me frapper peut-être ?...

Le souffle court et les poings serrés, Sébastien se relève brusquement. Fanny tente de se relever à son tour, mais une douleur lui arrache un cri.

— Aïe !

— Qu'est-ce que tu as ? interroge Sébastien qui se penche vers elle.

— Ma cheville !

— Qu'est-ce qu'elle a, ta cheville ?

— Je crois qu'elle est brisée.

— Il ne manquait plus que ça !

Les deux jeunes gens se regardent, visiblement désemparés.

Fanny fait une nouvelle tentative, mais la douleur est trop forte. Sa cheville ne la supporte pas.

— Ça fait terriblement mal !

Après un moment d'hésitation, le garçon passe son bras sous celui de la jeune fille.

— Appuie-toi sur moi, dit-il en l'aidant à se mettre debout.

Fanny se relève lentement. De grosses larmes glissent sur ses joues tandis qu'elle renifle bruyamment.

— Ça va comme ça ? demande Sébastien en passant un bras autour de sa taille afin de la mieux soutenir.

Fanny acquiesce en silence.

L'appareil photo pend toujours sur sa poitrine, mais aucun désormais n'y porte attention.

— Je dois rentrer chez moi, déclare Fanny entre deux sanglots.

La jeune fille lève la tête vers le garçon à ses côtés.

— Je voudrais bien t'aider, mais... je ne peux pas m'aventurer plus loin que les alentours de ce monastère.

— Mais, je n'arriverai jamais toute seule à retourner chez moi ! s'écrie Fanny au bord de la crise de larmes.

L'air contrit, Sébastien baisse la tête.

— Assieds-toi un peu sur cette souche, commence-t-il, je vais te raconter mon histoire.

Fanny obéit. Elle renifle une seconde fois et fixe le visage soucieux de Sébastien qui a enfoncé ses mains au fond des poches de son pantalon.

— Je suis recherché par la police, avoue-t-il.

Il pousse un profond soupir comme si cet aveu lui enlevait un poids terrible.

— Je ne sais pas si j'ai bien fait, mais je n'avais plus la force de rester là-bas. Mes parents sont divorcés. Depuis un an, ma mère a un nouveau conjoint qui prend toute la place. Oh ! je ne suis pas jaloux ! Même si je trouve que ma mère lui consacre beaucoup plus de temps qu'à moi. Mais je ne peux pas comprendre qu'elle lui donne toujours raison et que, depuis quelques semaines, j'ai toujours tous les torts. Mais s'il n'y avait que lui...

Le garçon lève la tête vers les branches des arbres que le vent fait maintenant valser.

— Il y a la fille de cet homme, l'emmer-
deuse ! s'écrie-t-il soudain. Depuis qu'elle vit
avec nous, c'est l'enfer. Deux mois... Ma
mère ne jure plus que par elle, Marie par-
ci... Marie par-là... À l'entendre, elle possède
toutes les qualités et moi, tous les défauts.
Si c'est ça une « famille reconstituée », je
préfère ne pas avoir de famille du tout !

Il inspire profondément avant de continuer.

— Je ne peux plus la voir. Même en
peinture. Elle fait tout pour me rendre la vie
impossible. Elle cherche sans cesse la
chicane et se sert de l'affection particulière
de son père pour le dresser entre ma mère
et moi. C'est tout simplement devenu insup-
portable !

Il s'arrête une nouvelle fois, laissant sa
rage s'estomper un peu.

Malgré la douleur cuisante, Fanny ne
bouge pas. Ne parle pas. Elle écoute reli-
gieusement la confession de Sébastien
comme l'aurait fait un ami. Sans juger...

— Je ne veux surtout pas que ma mère
soit malheureuse à cause de moi, continue

le garçon en baissant la tête. Elle aime Richard et veut refaire sa vie à ses côtés. Je la comprends. Mais moi, désormais, je suis incapable de retourner vivre dans cette maison.

— Tu en as parlé à ton père ? hasarde Fanny.

Sébastien pose sur elle un regard brillant de larmes.

— Il est parti loin. Très loin. Et c'est difficile de le rejoindre.

C'est un grand médecin. Le divorce lui a fait beaucoup de mal, et il a décidé de consacrer le reste de sa vie au service des plus démunis.

— Mais où vit-il donc ?

— En plein cœur de la brousse africaine...

Chapitre 10

Chance ou malchance ?

Bien calée dans le canapé du salon, Fanny regarde distraitement une émission de télévision. Devant elle, étendue sur un pouf, sa cheville gauche est recouverte d'un sac de plastique rempli de glaçons. Deux béquilles de bois sont appuyées sur l'accoudoir du canapé.

— En tout cas, tu as eu de la chance de ne pas te déchirer de ligaments ! prononce sa mère qui vient d'apparaître dans la pièce.

— Peut-être, continue Fanny en se redressant un peu. Mais, déchiré ou étiré, c'est du pareil au même. C'est très douloureux !

Louise dépose un plateau sur la table.

— Tu dois sûrement avoir faim, je t'ai fait un sandwich. Ça te va ? interroge-t-elle avant de s'asseoir dans un fauteuil tout près.

— Merci, dit simplement Fanny avant de s'emparer du sandwich et d'y mordre à belles dents.

— Comment t'es-tu débrouillée pour revenir sur ta bicyclette ?

— ...

Fanny garde les yeux baissés sur le sandwich et mastique longuement afin de se donner contenance. Lui faudra-t-il encore mentir ?

Jouant de prudence, la jeune fille prend bien son temps, élevant son index droit dans les airs, signifiant à sa mère qu'elle ne peut ouvrir la bouche. Elle doit gagner du temps.

Patiente, Louise fixe le visage de sa fille cadette, sans percevoir le trouble qui, pourtant, assombrit son regard.

— Une fille m'a aidée, répond enfin Fanny.

— Je la connais ?

— Non.

— Dommage. J'aurais aimé la remercier personnellement.

— Ce n'est pas nécessaire, je l'ai moi-même remerciée.

Fanny mord à nouveau dans le sandwich.

— Dommage... répète Louise, en se levant.

Nathalie pénètre dans le salon suivie de son père. Tous deux s'approchent de la blessée.

— Alors, c'est moins douloureux ? interroge son père en se penchant sur la cheville enflée et en soulevant le sac de glace.

— La glace a engourdi la douleur, répond Fanny.

— Peut-être, ajoute son père en tâtant doucement la chair bouffie, mais l'enflure est toujours là.

Au contact, Fanny ne peut réprimer une grimace de douleur.

— À mon avis, ça va prendre une bonne semaine avant que tu n'aies plus besoin de tes béquilles pour te déplacer.

— Tu as de la chance ! la nargue Nathalie. Tu vas pouvoir utiliser l'ascenseur de l'école pendant au moins une semaine. Un vrai privilège !

Fanny, que la perspective de se déplacer avec des béquilles à l'école ne réjouit pas du tout, délaisse le sandwich à moitié mangé sur le plateau. Son père pose une main affectueuse sur son épaule avant de s'éclipser sans un mot dans la cuisine rejoindre sa femme. Nathalie, toujours assise près de sa sœur, fixe celle-ci d'un regard soupçonneux.

— Tu es certaine que tu n'as rien à me raconter ?

— Non... répond Fanny sans lever les yeux. Pourquoi me demandes-tu ça ?

La sœur aînée sort de la poche de sa veste de denim une pomme de pin enroulée dans une feuille de papier jauni.

— Parce que j'ai trouvé ceci sur le perron.

D'instinct, Fanny lève les yeux. Lorsqu'elle aperçoit la pomme de pin, son sang ne fait qu'un tour tandis que ses joues s'enflamment sous l'émotion. Elle s'empare vivement des deux objets, puis sous le regard toujours soupçonneux de Nathalie, elle déplie le papier froissé sur lequel est inscrit un mot, MERCI.

— Et maintenant, interroge doucement sa sœur, puis-je savoir ce qui se passe ?

Fanny garde les yeux fixés sur les cinq lettres qui dansent une sarabande devant ses yeux embués de larmes. Elle ne veut surtout pas pleurer. Pas maintenant ! Elle a juré à Sébastien de ne pas divulguer le secret de sa fuite. Et rien ni personne ne lui fera renier son serment.

Pas même sa grande sœur et amie.

Fanny renifle bruyamment.

— Je ne peux rien dire pour l'instant, dit-elle sans lever les yeux de la missive, mais il n'y a rien de grave. Je suis juste un peu...

— ... amoureuse ? termine Nathalie.

Fanny relève la tête et plonge son regard d'ébène dans les yeux rieurs de celle qu'elle admire en secret.

— Non. Juste un ami.

Nathalie se penche alors vers sa cadette. D'un geste affectueux, elle pose ses doigts fins sur ses bras.

— Si un jour ou l'autre tu as envie d'en parler, je suis là.

Fanny hoche la tête en silence. Dans sa gorge une boule se forme, l'empêchant de prononcer les mots de reconnaissance qui se bousculent pourtant dans sa tête.

Nathalie se lève d'un bond.

— Repose-toi bien petite sœur, murmure-t-elle, en quittant le salon.

Demeurée seule, Fanny laisse enfin éclater son chagrin.

Chapitre 11

La chambre noire

Deux jours se sont écoulés depuis la mauvaise chute de Fanny.

Deux jours pendant lesquels elle a été assaillie de questions par ses camarades et les enseignants. Au cours desquels aussi elle a tempêté devant la porte de l'ascenseur qui se déplace à la vitesse d'une tortue. Deux jours pendant lesquels elle a multiplié les retards en classe parce que le linoléum ciré se transforme en vraie patinoire pour une fille peu habituée à se déplacer à l'aide de béquilles. Mais surtout, deux jours durant lesquels elle a patiemment attendu que la chambre noire se libère sur l'heure du dîner.

— Enfin ! s'exclame-t-elle en apercevant son nom sur la liste affichée sur la porte du local.

Elle examine de plus près la liste qui ne comprend que cinq noms.

— Oh non ! déchante-t-elle en apercevant le nom de Marie-Joëlle Dessureault inscrit juste sous le sien.

— Je ne suis pas obligée de lui parler, s'encourage la jeune fille en ouvrant la porte.

Dans le petit corridor intérieur qui lui fait face, Jacques l'accueille à bras ouverts.

— Tiens, tiens, tiens ! Voilà notre nouvelle handicapée ! clame-t-il haut et fort. Tu vas bien, j'espère ?

— Ça va mieux, répond Fanny en souriant.

— Bien ! Bien ! lance le professeur en frappant dans ses mains. Tu viens révéler ton film ?

— Heu... oui. Enfin... si c'est ça la première étape.

— Mmmmm... Tu n'as pas relu tes notes, toi, hein ? dit Jacques, les sourcils froncés.

— À vrai dire, je n'ai pas eu le temps de... commence Fanny en rougissant.

— Ça ne fait rien. Je crois que tu as le meilleur alibi du monde pour me convaincre, ajoute Jacques en désignant du menton les deux béquilles qui soutiennent la jeune fille.

La porte du local s'ouvre soudain en coup de vent. Marie-Joëlle Dessureault, suivie de son inséparable amie Camille, fait irruption dans le local, heurtant du bout du pied la béquille droite de Fanny qui perd l'équilibre et va se cogner contre le mur tout près.

— Hé ! fais attention avec tes béquilles ! s'insurge la nouvelle venue en lançant un regard noir à la pauvre Fanny qui, tant bien que mal, essaie de se remettre debout sur une jambe.

— On pourrait te dire la même chose ! rétorque Jacques en ramassant la béquille et en la glissant sous l'aisselle de Fanny. Tu es entrée dans la pièce en véritable ouragan.

— Elle n'avait qu'à se tenir loin de la porte, c'est tout ! réplique Marie-Joëlle en haussant les épaules avant de disparaître derrière une étagère où s'alignent des flacons de différentes tailles.

Fanny, la rage au cœur, jette un coup d'œil à Jacques qui, après avoir haussé les épaules en signe d'impuissance, s'esquive à son tour.

Tu ne dois pas te laisser impressionner par cette fille, dit à Fanny une petite voix au fond d'elle-même.

Sans plus attendre, elle se dirige vers le laboratoire photo, bien décidée à réaliser enfin le rêve qu'elle chérit depuis le début de son secondaire.

— Et ce n'est pas une Marie-Joëlle Dessureault qui va me faire peur ! affirme-t-elle à haute voix, en ouvrant la porte de la chambre noire d'un geste décidé.

Chapitre 12

La disparition

— Tu peux être fière de toi, déclare Jacques en soulevant la bande-test que Fanny a enfin terminée. Tu as pris de très bons clichés.

— Merci !

Fanny rayonne de joie. En deux midis seulement, elle a réussi à sortir cette bande. Il ne lui reste plus qu'à essayer des temps d'exposition, et elle sera en mesure d'agrandir la photo qu'elle jugera la meilleure pour le concours.

La jeune fille examine une nouvelle fois les épreuves en noir et blanc qui s'alignent sur le carton. Elle reconnaît très vite la maisonnette, le petit écureuil gris, la souche baignée de lumière, la chevelure blonde...

Au souvenir du jeune fugueur, le cœur de Fanny ne fait qu'un tour.

Elle n'a rien oublié... Combien de fois n'a-t-elle pas eu envie de se rendre au bois des dominicains ? Combien de fois a-t-elle attendu un appel téléphonique qui n'est jamais venu ?

Fanny pousse un profond soupir et fixe le point sombre que forme la tête blonde sur le négatif.

— Comme je te dis ! s'exclame Marie-Joëlle en faisant irruption dans la chambre noire, en compagnie de son amie Camille. Il a quitté la maison depuis huit jours déjà. Les policiers, qui font enquête, affirment qu'il n'a pas quitté la ville. Ils sont sur une piste. Ils croient qu'il aurait trouvé refuge dans un endroit inhabité ou abandonné. Enfin, quelque chose du genre. Ils ont même contacté son père qui vit à l'autre bout du monde.

— Il ne faut pas avoir de cœur pour faire une chose pareille ! réplique Camille. Sa pauvre mère doit être dans tous ses états.

— Tu peux le dire, elle pleure tout le temps. Mon père ne sait plus que dire ni que faire pour la consoler. Je te jure qu'elle est à prendre avec des pincettes. Et c'est pire que d'habitude. Cent fois pire !

— Ouais ! Ça ne doit pas être très gai, chez toi, ajoute l'inséparable en retroussant sa lèvre supérieure et en claquant la langue.

— Pas gai du tout ! clame Marie-Joëlle en levant les yeux au ciel. J'avais bien besoin de ça, moi, d'un demi-frère fugueur !

— Comment s'appelle-t-il déjà ? questionne encore Camille en prenant place sur le dessus du pupitre devant sa compagne.

— Sébastien Marchand, répond celle-ci.

Fanny pose son sac devenu trop lourd, ferme les yeux et s'appuie sur le pupitre devant elle. Une onde de chaleur l'étreint tout entière.

Sébastien M. ... Ce serait donc lui ?

Fanny songe alors qu'il existe des journées où la terre semble s'arrêter de tourner. Où les plus beaux espoirs deviennent des cauchemars. Où les difficultés apparaissent si insurmontables que le courage est remplacé par une angoisse mortelle.

Fanny rouvre les yeux et lorgne du côté des deux amies qui n'ont rien vu de son malaise, puis déposant ses épreuves photographiques sur le bureau de Jacques, elle s'empare de son sac à dos, prend ses béquilles et file vers la sortie de l'école avant de disparaître derrière les énormes portes vitrées.

Chapitre 13

L'impasse

— Sébastien ?...

Dans la maisonnette délabrée, la voix claire de Fanny résonne dans le vide. Tout a disparu. Plus de paillasse, d'ordures amoncelées, de boîtes de conserve éventrées. Rien ! Il ne reste plus aucune trace de Sébastien.

Fanny fait volte-face et scrute attentivement les alentours.

Là-bas, sur l'étang, une cane et ses canetons glissent sur les eaux dormantes. Tout autour, les grands pins balaient de leurs ombres mouvantes le tapis d'herbe tendre.

— Sébastien ? répète la jeune fille.

Fanny avance avec difficulté vers l'allée asphaltée qui mène au monastère à cause de ses béquilles. Elle se dirige vers le jardin à l'arrière du bâtiment et lève la tête vers les lucarnes dont les vitres brillent sous le soleil de midi. En baissant le regard, elle aperçoit les carreaux brisés d'une fenêtre donnant sur le premier balcon.

— Il doit être là, se dit-elle.

La jeune éclopée cherche un moyen de se rendre au premier étage, un escalier, une échelle... N'importe quoi.

Juste au-dessous du balcon, elle aperçoit un petit monticule de pierres et de roches.

— Quand il le faut !... s'encourage-t-elle en s'approchant.

Une fois sur place, Fanny délaisse ses béquilles et, sautillant sur un seul pied, prend appui sur l'amas de pierres. De ses deux mains, elle s'agrippe aux anfractuosités du mur. Lentement, elle entreprend sa difficile escalade. Sa cheville blessée la fait souffrir. Les pierres écorchent ses paumes et de minces filets de sang marbrent ses poignets. Mais Fanny n'y prête pas attention. Elle est décidée à avertir Sébastien.

— Plus que quelques centimètres ! s'encourage-t-elle.

Une fine sueur perle sur son front rougi par l'effort, alors que ses mains moites glissent sur une pierre. Elle perd appui de son pied droit.

— Oh !

Fanny a juste le temps de s'accrocher à une brèche dans le mortier quand soudain, venant du balcon, un bruit lui fait relever la tête. Elle voit une silhouette sombre retraitant à l'intérieur du monastère.

— Sébastien ? Sébastien, c'est moi, Fanny ! s'écrie-t-elle. Aide-moi, je n'en peux plus ! VITE ! ! !

Épuisée, Fanny ferme les yeux, attendant un secours qui ne vient pas.

Quelques centimètres seulement la séparent du balcon, mais elle ne sait plus si elle aura la force d'y arriver. Et même si elle y réussit, comment pourra-t-elle en redescendre sans aide ?

La jeune fille inspire profondément, cherchant à calmer les battements de son cœur. Elle tente à nouveau de prendre appui, mais son pied glisse encore sur la pierre.

Fanny jette un coup d'œil par-dessus son épaule.

— Je ne peux pas sauter... C'est trop haut.

Elle lève la tête vers le balcon, toujours hors de portée.

— Me voilà prise entre ciel et terre, dit-elle au bord des sanglots. Jamais je ne pourrai m'en sortir seule !

Un vertige la terrasse soudain. Fanny ferme les yeux et respire pour amener un flot de sang à son cerveau.

— Je ne dois pas lâcher prise, se commande-t-elle, sinon, je risque de me rompre le dos. Et qui me retrouvera ici ?

La prise de sa main sur la pierre faiblit.

— Seigneur, je vais tomber ! s'écrie-t-elle au bord des larmes. Sébastien !... SÉBAS-TIEN ! ! !

— Accroche-toi ! lui ordonne soudain une voix au-dessus d'elle.

Fanny rouvre les yeux au moment où deux poignes solides encerclent ses poignets maculés de sang et de poussière. Avec peine, Sébastien tire la jeune fille jusque sur le plancher du balcon.

— Mais qu'est-ce que tu fais ici ? Tu aurais pu te casser le cou ! reproche-t-il en s'agenouillant à ses côtés.

— Les policiers te recherchent. Ils savent pour le monastère, réussit-elle à articuler.

— Ce n'est pas vrai ! s'exclame Sébastien en roulant des yeux ronds.

Comment l'as-tu su ?

— J'ai entendu Marie-Joëlle le raconter à son amie Camille.

— Tu connais Marie-Joëlle ?

— Elle suit le cours de photographie avec moi, répond Fanny en frottant ses paumes sur son chandail.

— Où a-t-elle dit ça ?

— Dans la salle attenante à la chambre noire. J'en sortais après avoir terminé les négatifs des photos que j'ai prises ici, et...

Fanny se tait et écarquille les yeux d'effroi. Un détail vient de surgir dans sa mémoire ; un détail qui peut à lui seul devenir la plus tangible des preuves.

— Oh non ! s'écrie-t-elle en plongeant la tête dans ses mains.

— Qu'est-ce que tu as ?

Dans les oreilles de la jeune fille un bourdonnement remplace le cri de Sébastien. Fanny ferme les yeux. Ses membres s'alourdissent de plus en plus et une sensation de léthargie obnubile son cerveau.

— La photo... réussit-elle à articuler, avant de sombrer dans un néant grisâtre.

Chapitre 14

Pris au piège

— Fanny ! Fanny réveille-toi, je t'en prie ! implore Sébastien.

La jeune fille demeure pourtant inconsciente.

— Fanny, la supplie-t-il encore, qu'est-ce que tu as ?

Au loin, sur la route, des autos patrouille font retentir leur sirène au moment même où un éclair zèbre le ciel. Le tonnerre gronde aussitôt.

— Un orage, maintenant ! s'exclame Sébastien.

Le garçon empoigne les épaules de sa compagne et s'empresse vers l'intérieur du monastère. Il la hisse tant bien que mal sur un banc qui longe le corridor.

— Fanny, Fanny, réveille-toi ! répète-t-il en la secouant un peu. Je t'en prie, Fanny, tu me fais peur !

La jeune fille ne bouge pas d'un cil, offrant à Sébastien un visage blême.

Au-dessus du monastère retentissent les foudres du ciel. Sébastien se sent tout à fait désemparé. Il jette un coup d'œil inquiet sur les alentours à la recherche d'un endroit où Fanny serait plus confortablement installée. Il délaisse un moment sa camarade afin de chercher davantage quand un faible gémissement lui fait rebrousser chemin.

— Fanny, tu m'entends ? Fanny !

Sous les paupières baissées, les yeux de Fanny bougent sans arrêt, comme s'ils cherchaient à sortir des ténèbres de l'inconscience.

— Oh Fanny !... Pourquoi es-tu revenue ici ? murmure Sébastien, au bord des larmes.

La pénombre qui envahit désormais la petite pièce accentue le désarroi de l'adolescent. D'un geste mesuré, il pose la main sur le front de Fanny devenu brûlant.

— Je dois te sortir d'ici, au plus vite ! dit-il pour se convaincre. Je vais aller chercher de l'aide.

Délaissant Fanny, le garçon marche vers la fenêtre, bien décidé à mettre un terme à son tourment.

Sébastien s'apprête à enjamber le rebord de la fenêtre quand, venant du jardin, le faisceau d'une lampe de poche balaie l'obscurité du sous-bois.

Faisant volte-face, le jeune fugueur s'étend de tout son long sur les planches usées. Juste sous le balcon lui parviennent des voix.

— Vous êtes sûr que ce carreau n'était pas brisé la semaine dernière ? interroge l'une d'elle.

— J'en suis absolument certain ! de répliquer une autre.

— Alors il se peut fort bien qu'il soit ici, d'enchaîner une troisième.

Le sang de Sébastien ne fait qu'un tour. Fanny avait donc dit vrai, on le recherche. Ici, dans ce bois où il avait cru pouvoir tenir tête à la fatalité.

Le faisceau de lumière balaie à nouveau les alentours, s'attardant aux moindres recoins, aux moindres encoignures. Sébastien revient vers Fanny, se penche, et du bout des doigts enlève une mèche de cheveux collée sur son front.

— Pauvre Fanny, murmure-t-il, en revenant ici, tu m'as trahi.

Le bruit d'une serrure que l'on force, suivi du cliquetis de chaînes que l'on secoue fait se dresser Sébastien. Il se relève d'un bond et se dirige vers le balcon.

Dehors, l'orage a laissé la place à un vent furieux qui secoue les grands pins. Dans le jardin, la présence de policiers en uniforme lui donne la certitude qu'il n'a plus d'issue possible.

— Le monastère est cerné.

Délaissant le balcon qui ne lui offre plus aucun moyen de s'échapper, Sébastien sort de la pièce et se dirige vers un couloir sombre sans savoir où ce chemin peut le conduire. Son cœur bat à tout rompre. Il a peur. Peur de se faire prendre au piège comme un vulgaire voleur alors que sa fuite n'avait pour but que de rétablir la paix dans une famille désunie. Peur d'être jugé pour avoir trouvé refuge dans un monastère désaffecté. Peur de ne pas être compris. Peur de ne pas être aimé...

À quelques mètres à peine devant de lui, la lumière d'une torche éclaire le plancher de céramique multicolore. Sébastien fait aussitôt demi-tour et refait le chemin inverse en quatrième vitesse. Essoufflé, il débouche dans la petite salle où Fanny lentement, reprend conscience.

Sébastien est aussitôt près d'elle.

— Ça va ?

Fanny a la bouche tellement sèche qu'elle ne peut prononcer un seul mot.

— Les policiers sont ici, chuchote Sébastien. Il faut partir.

Dehors, le crissement de pneus sur l'asphalte lui laisse présager le pire. Il court vers la fenêtre et examine le jardin. Au fond, cinq voitures de police forment un barrage. À côté de chacune, deux policiers avancent d'un pas ferme vers l'entrée du bâtiment où Sébastien se sent pris au piège comme un animal sauvage. Ou un criminel.

Le désespoir l'envahit soudain et le fait reculer. Il vient choir sur le sol, près du banc où Fanny tente de se redresser.

— Je... je dois rentrer chez moi, articule-t-elle, péniblement. J'ai be... besoin de mon... injection d'insuline. Sinon, je crois que...

Se tournant vers Fanny, Sébastien pose un regard sur le bracelet qui orne son poignet. Il prend soudain conscience du drame véritable qui se joue dans ce monastère déserté. Des larmes brillent au coin de ses yeux tandis qu'il s'approche de la jeune fille qu'il sait maintenant sous le coup d'une crise de diabète.

— Je vais te sortir de là... je...

— SORS DE LÀ, PETIT, TU ES CER-NÉ ! ordonne soudain une voix venant du corridor.

— ON NE TE FERA PAS DE MAL ! crie une autre voix.

— Sébastien, on sait que tu es là...

Sébastien relève le menton comme si cette voix le ramenait des années en arrière.

— Sébastien... dit Fanny d'une voix faible.

Le garçon s'empresse vers la jeune fille qui s'évanouit entre ses bras.

Sébastien sait maintenant qu'il n'a plus une minute à perdre. Il en va de la vie de la seule et vraie amie qu'il ait jamais eue.

— Je suis ici, crie-t-il d'une voix forte.

Presque aussitôt, quatre policiers surgissent dans la petite salle. La lumière de leurs lampes de poche éclaire le visage de Sébastien qui, aveuglé, place les bras devant ses yeux.

— Dépêchez-vous, dit-il, en désignant Fanny du menton. Il faut l'amener à l'hôpital.

Chapitre 15

Un ami pour toujours

Dans le jardin, un soleil radieux a remplacé la pluie des derniers jours. Étendue dans une chaise longue, Fanny observe un vol d'hirondelles. Elle est en convalescence.

Une semaine s'est passée depuis la crise d'hypoglycémie qui aurait pu lui coûter la vie. Une semaine où elle est demeurée à l'hôpital, en observation, recevant des doses d'insuline à fréquences régulières, retrouvant petit à petit ses forces perdues.

— Tu l'as échappé belle ! a dit sa mère en venant la voir le lendemain de son hospitalisation. Tu nous as fait une belle frousse.

— Où est Sébastien ? a-t-elle aussitôt demandé.

Sa question est demeurée sans réponse et un malaise indéfinissable a plané au-dessus du petit groupe. La jeune fille n'avait plus oser demander de nouvelles de son compagnon d'infortune, croyant qu'il valait mieux se taire et attendre que le temps ait pansé les blessures.

Le concours de photographie avait eu lieu, mais elle n'avait pu y participer. « Tu pourras te reprendre l'année prochaine », avait dit Jacques.

Fanny soupire et baisse la tête. Rien ne s'est passé comme prévu.

— Bonjour, Fanny ! dit soudain une voix derrière elle.

Fanny se retourne vivement.

— Sébastien !

Leurs regards se croisent au moment où un flot de paroles vient mourir sur leurs lèvres closes. Sébastien s'approche de Fanny qui s'est redressée dans sa chaise. Dans le ciel, un vol d'hirondelles zèbre l'azur.

— J'ai quelque chose pour toi, dit Sébastien en lui tendant une enveloppe scellée. Un petit cadeau.

Fanny s'en empare et la décachette en vitesse. Elle en sort une photographie agrandie d'une chevelure pâle auréolant un visage caché derrière un bosquet de cèdres. En avant-plan se dresse un pin miniature. Au bout de ses aiguilles vert tendre, perlent des gouttes de rosée.

— Que c'est beau ! souffle Fanny, émerveillée.

— Regarde ce qui est écrit derrière.

Fanny obtempère aussitôt.

— Oh !

— Félicitations ! Ta photo a gagné le prix du public.

— Mais je n'ai pas participé au concours, comment ?...

— C'est le professeur de photographie de ton école qui a décidé de te donner un petit coup de pouce. Il a dit qu'il ne pouvait pas laisser un chef-d'œuvre semblable tomber dans l'oubli.

Fanny sourit au souvenir de ce professeur en or.

— Il a affirmé que tu as eu beaucoup d'imagination.

Un rire de connivence vient sceller le pacte d'amitié né au hasard d'une rencontre.

— Et toi, demande alors Fanny, ça va ?

Sébastien détourne la tête et fixe un point invisible au loin. Un malaise plane dans l'air saturé du parfum des lilas en fleurs.

— Je pars vivre avec mon père.

— En Afrique ?

— Non. Il va se fixer à Toronto pour un temps. Je crois que c'est mieux pour tout le monde. Lui y compris...

Fanny croise les mains sur sa poitrine, emprisonnant sous ses paumes moites l'image d'une tête blonde surgissant tout près d'un pin minuscule. Deux larmes brillent au coin de ses yeux.

— Ne pleure pas, murmure Sébastien en se penchant vers elle.

— C'est loin, Toronto...